AF359915

André Fontainas

Le Sang des Fleurs

BRUXELLES

IMPRIMERIE VEUVE MONNOM

RUE DE L'INDUSTRIE, 26

1889

Le Sang des Fleurs

A Son Très Gracieux Souvenir

I

A midi le foleil & les aftres la nuit
    Difperfent la toifon de leur lumière blonde;
Le rire des cieux clairs épanouit le monde
Et la Terre des feux de leurs baifers reluit.

Voici donc reparu le Printemps! Il pourfuit,
Haletant, enivré de fa vigueur féconde,
Tout vibrant d'harmonie ineffable & profonde,
La faifon pluvieufe et froide qui s'enfuit.

La Terre, jeune, avec l'orgueil de l'innocence
(C'eſt la toujours nouvelle & même renaiſſance),
Murmure aux vents légers ſes ſecrets palpitants.

Et Vous — ô toujours belle, ô toujours bonne Aimée,
Vous êtes à jamais la ſaiſon embaumée :
Votre fraîche beauté réſume le Printemps.

II

J'en ai la vision, quelquefois, dans mes rêves :
  Je vois un Paradis plein d'éclatantes fleurs
Qui s'ouvre par instants à la lueur des glaives.

Ils pendent à la branche ainsi que de longs pleurs
Qui perlent, s'effilant aux paupières d'amantes
Et de leur joue altière effacent les couleurs.

Dans le fracas mourant des lointaines tourmentes,
Je vois aux cieux monter un nuage rofé
Aux odeurs de cinname & de myrrhe fumantes.

Le fol eft un gazon d'une eau fraîche arrofé
Et le jour s'y répand en débordantes sèves
D'un diaphane éclat mollement irifé :

J'en ai la vifion, quelquefois, dans mes rêves.

Il voltige dans l'air des rhythmes de sonnets ;
On voit paffer le vol ardent des grandes rimes
Et l'on cueille les vers aux tiges des genêts ;

On a l'enivrement du pardon pour les crimes ;
Le ciel en eft vibrant tout entier ; la Bonté
Pour s'y développer n'a pas befoin de primes.

Tout revêt un aspect lumineux, & l'été
Éternellement luit fur la plaine infinie
Où brille le foleil de l'amour convoité.

Par tout le Paradis plane cette harmonie,
Et — comme des tifons échappés aux chenets —
Il en fort les rayons flamboyants du Génie :

Il voltige dans l'air des rhythmes de fonnets.

Des parfums d'amour pur s'épanchent des corolles
Comme des myrtes verts & des rofiers facrés,
Et les fleurs ont le port des anciennes idoles.

Chacune a confervé fes traits fins & nacrés
Sources des paffions qu'éprouvaient les Poètes,
Et des efpoirs d'amours plus doux y font entrés.

Et les glaives divins suspendus sur leurs têtes
Les poussent dans les bras de leurs joyeux amants,
Et — sans voiles — leurs chairs aux spasmes saints sont prêtes.

Ils célèbrent leurs vœux en madrigaux charmants
Et tandis qu'enivré de leurs tendres paroles
Le Désir se promet de radieux moments.

Des parfums d'amour pur s'épanchent des corolles.

C'est le Paradis saint des ciseleurs de vers,
C'est l'Eden attirant des amants de la Muse,
Des charmeurs innocents de l'immense Univers.

Au son de la phormynx & de la cornemuse,
Tous vivent, couronnés d'un laurier éternel,
En proie au chant divin qui toujours les abuse :

Ils vivent ſans ſouci de leur paſſé charnel
Dans l'extaſe & l'amour de la nature vaſte
Qu'ils chantent ſur un mode ardent & perſonnel.

Leur chant eſt toujours grand, limpide, frais & chaſte
Et fuit l'obſeſſion des ſouvenirs pervers
Qui, ſur terre, envahit le cœur, & le dévaſte :

C'eſt le Paradis saint des ciſeleurs de vers.

III

Vos yeux bleus sont pour moi le ciel,
  Mignonne, & sur vos lèvres roses,
Comme une abeille sur les roses,
Mon cœur s'en vient puiser le miel.

Vos cheveux blonds sur votre tête
Sont des rayons ensoleillés
Et les Amours agenouillés
Vous chantent des hymnes de fête.

Et parmi leurs chœurs assouplis
Je veux pour vanter votre grâce
Vous dire, empli d'amour vivace,

Les sonnets fiers comme le lys,
Doux comme la rose fleurie,
Que Ronsard chantait à Marie.

IV

J'ai saisi le Vampire au col en mes deux mains,
Je l'étreins fortement, je veux qu'il rende gorge,
Mais j'ai beau haleter comme un soufflet de forge,
J'ai beau me consumer en efforts surhumains,

Je ne puis étrangler le monstre qui m'accable,
Qui se colle à ma chair & s'abreuve de sang :
Contre cet acharné je me sens impuissant,
Je ne puis que céder à sa rage implacable.

O Vampire du cœur, Amour, ô mon effroi,
Je ne lutterai plus ; je me foumets ! — Ta lèvre
Peut à longs traits humer ma force qui décroît :

Je faurai m'endurcir aux friffons de la fièvre
Et tu pourras vider mes veines, fans qu'un pleur
Ne révèle en mes yeux mon intime douleur.

V

*Vierge! par la beauté, par la gráce & l'efprit
Vous vous montrez pareille aux déeffes antiques
Dont la célefte chair avec orgueil fleurit.*

*Vous avez la fplendeur de leurs contours plafiiques,
Et, parmi les Amours rayonnants & joyeux
Sur vos lèvres fe jouent les abeilles attiques.*

*Les plus chaftes défirs illuminent vos yeux :
Vous étes le poème idéal de la femme ;
Les hommes devant vous tremblent d'amour pieux.*

Vous avez la candeur & la noblesse d'âme ;
Il semble, à votre aspect, sous l'horizon lointain
Que le ciel endormi se réveille & s'enflamme.

L'aube n'a pas l'éclat vermeil de votre teint ;
Le soleil n'a pas l'or de votre chevelure,
Il n'a pas votre rire adorable & mutin.

Et je veux vous chanter, ô Vierge calme & pure,
Je veux vous consacrer un autel où les fleurs
Par milliers égaieront la mousse & la verdure ;

Et parmi les clartés de leurs vives couleurs
Je mettrai, d'une main exercée & légère,
Pour préserver l'autel des impures chaleurs,

Des guirlandes de myrte au front du sanctuaire.

VI

Êtes-vous la Bacchante
  Dont le lyrisme vain
    Ne chante
Que l'ivresse du vin,

Qui bondit, furibonde,
En sursauts convulsifs
    Et gronde
Ses Evohés lascifs ?

Êtes-vous Aphrodite,
La blonde déité
    Maudite
Dont l'œil clair m'eût tenté,

Qui, mère du menſonge,
Verſe dans les cerveaux
    Le ſonge
Et les déſirs nouveaux?

Ou, nymphe diaphane
Et légère, êtes-vous
    Diane
Qui ſe cache aux bois roux?

Quel Olympe vit naître,
Fruit de chair & de ſang,
    Un être
Auſſi reſplendiſſant?

Le parfum de la rofe
Pur comme un frais été
Arrofe
Votre chère beauté,

Et vous êtes fplendide
Dans l'étincellement
Candide
De votre corps charmant !

VII

Lys & rofes, vifage épanoui, chair fraîche,
  Prunelles aux regards de feu fi careffants,
Lèvres où le jour luit, palpitantes d'accents
Lents comme la mufique ou prompts comme la flèche,
Brûlez en mon efprit, vifion rofe & fraîche !

Chevelure où se jouent les friffons d'un foleil
Que mes regards n'ont pu fupporter fans brûlure,
O molle, étourdiffante & blonde chevelure,
Foyer d'aftres ardents, torrent d'amour vermeil,
Oh ! fubmergez mon cœur, tumultueux foleil !

Ongles resplendiſſants de nacre & de lumière,
Mains fines aux douceurs étranges, bras ſculptés
Par un artiſte-dieu, modeleur de beautés,
Grâce du corps passant la grâce coutumière,
Aveuglez mes yeux, flots de vivante lumière !

O forme impériſſable, ô buſte harmonieux,
Idéale poitrine aux lignes impaſſibles,
Taille onduleuſe ainſi que les vagues flexibles,
J'ai pour vous un amour violent & pieux,
Fraîcheurs, ſoleil, lumière, ô corps harmonieux !

VIII

Voix vibrante de rêve & de chant qui m'affoles,
O voix frêle & sonore où planent par essaims
Les rires éclatant plus clairs que des tocsins,
O sa voix... je l'écoute autant que ses paroles.

Je retrouve en sa voix vos inflexions molles,
Ame des vieux rebecs, esprit des clavecins,
Baisers épanouis en rapides larcins,
Confidences d'amour des anciennes violes.

Sa voix, c'eſt la douceur des ſonges innocents,
C'eſt un ſouffle d'iris, de cinname & d'encens,
C'eſt un enivrement d'harmonie & d'optique,

Et c'eſt, au fond de moi, fait d'un vivant ſoleil
De fierté lumineuſe & de rhythme vermeil,
Le plus éblouiſſant & le plus pur cantique.

IX

C'était un jour d'orgueil & d'amour souverain :
   La gloire du soleil ruisselait dans les arbres ;
Le ciel, dont se fondait l'azur, doux & serein,
S'imprégnait de parfums purs comme l'air marin,
Et, frôlant la candeur liliale des marbres,
La gloire du soleil ruisselait dans les arbres ;
C'était un jour d'orgueil & d'amour souverain.

L'inaltérable eſpoir des floraiſons charnelles
De l'atmoſphère en feu s'exhalait longuement ;
Dans la pourpre & dans l'or des ſplendeurs éternelles,
Dans les rayons dardés des milliers de prunelles
De l'aſtre extaſié, dans l'éblouiſſement
De l'atmoſphère en feu s'exhalait longuement
L'inaltérable eſpoir des floraiſons charnelles.

Dans la plaine où dormaient les maſſives forêts
Lourdes d'ombre farouche & noire & de myſtère,
Les blés, les oſiers verts & les joncs des marais
Et les fleurs des jardins faites d'aromes frais
De leurs vives couleurs émerveillaient la terre
Lourde d'ombre farouche & noire & de myſtère
Dans la plaine où dormaient les maſſives forêts.

La mer, la vaſte mer chantait à la lumière,
Dans le déroulement de ſes rhythmes virils
Le cantique éternel de l'extaſe première ;
Calme comme la voix fraîche de la prière,

Dénouant au soleil sa toison de béryls,
Dans le déroulement de ses rhythmes virils,
La mer, la vaste mer, chantait à la lumière.

Dans la chaleur du jour vous êtes née ainsi
De toutes les splendeurs & de tous les prestiges,
O vous par qui l'Amour même fut adouci,
O Vierge impérieuse exempte de souci!
Claire comme les fleurs qui s'ouvrent sur les tiges
De toutes les splendeurs & de tous les prestiges
Dans la chaleur du jour vous êtes née ainsi!

O vous qui consolez par le divin sourire,
Je veux à votre gloire élever des autels
Qui vibrent aux accents magiques de la Lyre;
Dans des brouillards d'encens, de cinname & de myrrhe,
O Vierge en qui revit le sang des dieux mortels,
Je veux à votre gloire élever des autels,
O vous qui consolez par le divin sourire!

Fierté, grâce, candeur, âme de la Beauté,
Vous êtes la Lumière & l'unique harmonie,
Et je chante Noël! Votre Nativité
Ramène le printemps, la joie & la santé.
Noël! les floraisons sortent de l'agonie!
Vous êtes la Lumière & l'unique harmonie,
Fierté, grâce, candeur, âme de la Beauté!

X

Jardin rare & délicieux
  Dont les fleurs embaument les cieux,
      Splendide Aurore,
Que le réveil chaque matin
De son rire chaud & mutin
      Câline & dore,

Bouquet des riches floraisons,
Que ne fanent pas les saisons
      Endolories,
Les Automnes ni les Hivers,
Gloire des Printemps toujours verts
      Et des féeries,

Ame du soleil careſſant
Qui de la pourpre de ſon ſang
Es parfumée,
D'où la céleſte écloſion
Des fleurs ſans ceſſe en fuſion
Sort transformée,

Aurore, eſt-ce toi qui pétris
La fineſſe des tons fleuris
Pâles & roſes
De la Madone de Beauté,
Dont la chair ſurpaſſe en clarté
La chair des roſes?

Sur ſes lèvres, où les chanſons
S'épandent comme des friſſons,
Où ſemblent vivre
Les mots tendrement étourdis,
N'eſt-ce pas toi qui répandis
La lumière ivre?

Et ſon œil doux d'un bleu ſi clair
Eſt frais comme un ſouffle de l'air ;
Sa chevelure
Qui s'éparpille, & jaſe, & rit,
Eſt faite, comme ſon eſprit,
De clarté pure !

XI

Vous avez la beauté des antiques ſtatues
Et la grâce eſt en vous jointe à la majeſté.
Vos formes, de ſplendeur & d'orgueil revêtues,
Expriment l'amour calme & la ſérénité.

Vous êtes la déeſſe impaſſible & riante,
Vous avez la blancheur des marbres fabuleux ;
Et le chœur amoureux des ramiers s'oriente
Suivant les flammes d'or de vos larges yeux bleus.

Votre front élevé que couronnent les roſes
M'apparaît lumineux comme un rapide éclair ;
Parmi les floraiſons d'iris & de lauroſes,
Le cygne au blanc plumage étincelle dans l'air.

Votre marche eſt pareille aux lentes harmonies
Qui ſemblent embraſer en ſe développant
L'eſpace illimité des plaines infinies
Et dont le flot rhythmique à travers tout s'épand.

Les céleſtes ſenteurs de cinname & de myrrhe
Volent à vos côtés & parſument vos chairs ;
La clarté des ciels purs allume votre rire
Et des rayons divins flambent dans vos yeux clairs.

Je vous aime, ô Déeſſe ! & ma voix vous implore :
Pour vous forcer à voir & même à m'écouter,
Je veux, comme la voix d'une lyre ſonore,
Religieuſement la contraindre à chanter ;

Je veux que mon amour vous foit une auréole
Qui ne vous brûle point de fes doutes amers ;
Je veux que le refpeĉt réfide en ma parole
Plus profond que les cieux et que les vaftes mers !

XII

Vous régnez sur mes nuits. Vous êtes suzeraine
De tous les rêves d'or dont j'ai l'esprit hanté ;
Votre candeur vous fait un manteau de clarté
Qui vous drape en longs plis, comme un manteau de reine.

Et l'évocation de vos beautés m'entraîne
A des songes pareils en leur gracilité
Aux astres dont le ciel est parsemé l'été,
Tremblotantes lueurs qui font la nuit sereine.

Je ne laiſſe jamais aux griffes des ennuis
Aucun pâle lambeau des veilles ni des nuits :
Je ſonge à vous toujours, & les heures ſont brèves.

Oh ! lorſque votre eſprit aux ſplendeurs du ſommeil
S'abandonne, & conçoit tout roſe & tout vermeil,
Que ne puis-je être un peu la forme de vos rêves !

XIII

Comme ſur la mer qu'un ſoleil d'été dore
   Volent les rires innombrables des flots,
Dans vos yeux clairs, à travers vos cils mi-clos,
Danſent des lueurs d'eſpérance & d'aurore,
Comme ſur la mer qu'un ſoleil d'été dore.

Lentement un ſonge occupe votre eſprit :
Vous abaiſſez vos paupières alourdies
Aux échos des voix lointaines & hardies
Dont le ſouvenir en votre cœur fleurit,
Lentement un ſonge occupe votre eſprit.

Sur votre lèvre humide héfite un fourire
Immobile — un fourire d'extafié
Qui par fon divin amour fupplicié,
Cuverait avec volupté fon martyre;
Sur votre lèvre humide héfite un fourire.

O Vierge, eft-ce à moi que vous fongeʒ parfois
Lorfque le fonge habite votre penfée?
Quand je vous aperçois, la tête baiffée,
Toute fongeufe, fans regard & fans voix,
Dites, eft-ce à moi que vous fongeʒ parfois?

Ainsi que le satyre
Qui dans l'herbe, indolent,
S'étire
Et rampe en appelant

Avec les cris énormes
D'une bête aux abois
Les formes
Indécises des bois,

Mon amour me ſuffoque !
O blanche déité,
J'invoque
Auſſi votre beauté :

Je vous dis cent paroles
Tendres éperdûment
Et folles
Comme un rêve d'amant,

Et je tremble la fièvre
En cherchant à poſer
Ma lèvre
En un fougueux baiſer !

XV

Pareilles aux Muſes antiques,
Aux Grâces, aux chœurs rougiſſants
Et danſants
Dans les plis des chitons ruſtiques,

O blanches filles de Cythère,
Vous allez, vous donnant le bras,
Et vos pas
Effleurent à peine la terre.

Et vos voix chaudes & rieuſes
Vibrent dans le flamboi vermeil
      Du ſoleil
Dardant ſes flèches glorieuſes.

Vous allez par les grands bois calmes
Et ſur vos beaux fronts réjouis,
      Éblouis
Frémiſſent l'encens & les palmes.

Et j'écris l'ode coutumière
Pour la vierge aux yeux les plus doux
      Parmi vous :
Elle ēſt l'orgueil de la Lumière !

XVI

Rhythmes sautillants, fluets
Et pimpants des menuets
Et des pavanes ;
Fraîcheurs de fleurs de pêcher
Qu'ont les nymphes de Boucher
Si diaphanes,

Pétales des roses-thé,
Chairs de lys & de clarté
Blanches & roses,
Timides, frêles couleurs,
Charmes pâles des langueurs
Et des chloroses ;

Chairs qui parfument les airs,
Doux regards tendres & clairs
        Des Amoureuſes ;
Cheveux lumineux, épars
Sur le front de toutes parts,
        Boucles fiévreuſes ;

Lèvre babillarde où rit
Et s'épanouit l'eſprit
        Qui nous captive
Dans la lumière des dents ;
Enthouſiaſmes ardents,
        Fierté native ;

Tout ce qu'on aime : candeur,
Harmonieuſe ſplendeur,
        Grâce charnelle,
Rires de l'âme & du corps,
Voix ſereine aux purs accords,
        Tout eſt en Elle !

XVII

La solitude est lourde & sans rien qui la trouble.
  Sous les nuages noirs aux rauques grondements
S'étend sans fin la plaine, où les marais dormants
Étalent leur surface empuantie & trouble.

Par la morne étendue un bouquet de roseaux
Pousse de ci, de là ; parfois une cigogne
Sur une patte, au bord d'un marais, se renfrogne,
Sans bouger, sans songer, & contemple les eaux.

Mon âme est ce pays, & pas une penſée
Depuis les jours enfuis ne l'a plus traverſée,
Plus un ancien bonheur, plus un chagrin nouveau.

Rien que mon ſeul amour, que votre chère image,
Seule, comme l'oiſeau penſif du payſage,
Qui veille en ma mémoire & hante mon cerveau.

XVIII

Lentement mon amour devient une habitude
*   Qui tempère l'ardeur de l'esprit & du sang ;*
Je me laisse endormir au charme envahissant
De l'Adoration & de la Servitude.

Mon âme prosternée, avec incertitude
Adresse à la Madone un appel gémissant
Et s'acharne à fixer en soi-même l'accent
Et le geste divins, pleins de mansuétude.

Oh! quand me sentirai-je assez de fermeté
Pour dompter à mon tour l'amour qui m'a dompté,
Dussé-je dans l'ivresse où la volonté sombre,

— Pour n'être pas vaincu par l'amour de nouveau —
Engloutir à jamais mon cœur & mon cerveau?...
Mais je sens son regard qui me poursuit dans l'ombre.

XIX

O blonde enfant, penchée au balcon de la vie
  Vers l'invisible azur du rêve inexploré,
Mon cœur qui t'est soumis & ma voix asservie
Chantent pour t'apaiser un lent Miserere.

O blonde enfant perdue au lointain de ton songe,
Prends pitié de la plaie ardente de mon sang ;
Au gouffre de mes vœux laisse que ton œil plonge,
Laisse que vienne à moi ton regard caressant !

Blonde enfant, dont toujours le fantôme se dresse,
Parmi le triomphal désir de ma tendresse,
Accorde à mon orgueil ton baiser lilial.

Ne te détourne pas de moi vers la clairière
Des pures floraisons du rêve initial :
Bénis de ton regard souriant ma prière.

XX

Printemps jeune & doux, ton retour careſſe
   Mollement notre pareſſe ;

Le ſoleil naiſſant griſe le cerveau
   Comme un flot de vin nouveau,

Et les bourgeons pointant ſur les branches
   Éclatent par avalanches,

Et c'eſt le Printemps qui revient, le temps
   Des délires palpitants.

O *salut, saison consolante & brève*
Qui renouvelles le rêve;

Salut, blond poète, amoureux pensif,
O religieux lascif,

Printemps qui, joyeux, comme des étoffes,
Déroules l'or de tes strophes!

Clair printemps qui fais rire, triomphants,
Les cheveux blonds des enfants,

Printemps ébloui de tes splendeurs même,
Tendre & céleste poème,

Fraîche éclosion, chant divin du sang
De l'Amour éblouissant,

Printemps, qui n'as pas tout le charme encore
De la Vierge que j'adore!

XXI

Dans la paix & l'oubli de mon âme endormie,
Où gît le rêve mort d'une douleur amie,
Oh! puiffiez-vous toujours, mes chers efpoirs défunts,
Effeuiller les baifers penfifs de vos parfums
Et les lents fouvenirs des anciennes ivreffes.
Toi, qui viens la première, ô femme, & qui careffes
Le velours bleu du fonge innocent de ton œil
Où la Beauté fourit dans un éclair d'orgueil,
Toi, dont l'art déflora le défir de mes lèvres,
Et Vous, ô chœur pâli de mes amantes mièvres,

Maternelles, berçant de votre blond regard
Le deuil enfeveli dans l'œil vide & hagard
Où fe meurt le regret des candeurs délaiffées,
Repeuplez le jardin défert de mes penfées,
Repeuplez de vos jeux & de votre gaîté
La défolation du jardin dévafté.
Et Toi furtout, ma Sœur & ma Confolatrice,
Renais dans ta beauté, viens! qu'en nous refleuriffe
Plus rofe que la pourpre odorante du fang
La tranquille fierté de notre amour naiffant,
Et de tes yeux de gloire où germent les lumières,
Éteins, flétris les yeux des vifions premières
Et les charmes lointains de leurs rires pervers :
Renais dans notre amour & fleuris dans mes vers.

XXII

Qu'importent les trois mots de feu dans les ténèbres?
   Vers l'avenir prochain des menaces funèbres
Je vais réfolûment. Mon cœur eft fort. Je veux
De chanfons, de plaifirs, de regards & d'aveux
Réjouir fans effroi mon cœur toujours avide;
La mort eft infondable, & la vie eft fi vide.
Oh! les vafes facrés dont j'ai pu me faifir :
L'inaltérable rêve & l'éternel défir,
Je ne les rendrai pas à la voix du prophète;
Nul ne viendra troubler la fplendeur de la fête

Que l'amour impaſſible illumine d'orgueil ;
Nul ne m'entraînera dans la nuit de ſon deuil :
Je veux vivre. Je veux aimer. Je veux l'ivreſſe
De la voix qui commande & de l'œil qui careſſe ;
Je veux aimer la femme, & ſes roſes pâleurs
Où circule le ſang héroïque des fleurs
Virginales, des fleurs farouches & hautaines.
O blonde enfant, pareille aux princeſſes lointaines
Qui dorment dans l'oubli de leur chère beauté,
Princeſſe de douceur & d'ardente clarté,
C'eſt à Vous que s'en vont l'encens de mes penſées,
Et les dévotions de mes mains enlacées ;
C'eſt Vous qui m'enſeignez l'aurore, & conduiſez
Par les ſentiers fleuris mes pas diviniſés ;
Par Vous je n'aurai rien ignoré de la vie,
Par Vous j'aurai vécu libre & fort, ſans envie,
Levant ſur tous mes yeux ſans mépris ni remord,
Et, quand la mort viendra, ſans crainte de la mort.

Achevé d'imprimer

par les soins de

Madame Veuve MONNOM

imprimeur à Bruxelles

le 28 mars MDCCCLXXXIX